ひよこの空想力飛行ゲーム

秋亜綺羅

目次

ひよこの空想力飛行ゲーム

青少年のためのだからスマホが！

三行進んで一回休む
罰ゲームで「永遠プレッシャー」を歌う
振り出しに戻る「ＵＺＡ」を踊る
罰ゲームうれしい

あなたの部屋は晴れている
わたしの部屋は雨である
あなたの部屋の偶然わたしの部屋の必然
猫を拾った偶然猫が消えちまった必然

猫を恋と書き換えても世界は同じ
世界は失恋したのだから

猫は腐る
ままごとの猫はちぎれる

好きな女のコにブリーフを脱がされるのと
ブリーフをはかせてもらうのでは、どちらが恥ずかしいですか

猫のペンダントをあげるよ
恥ずかしくなんかないもん

占い師がこういったきみはいつか死ぬでしょう
嘘だ！

きょうこんな詩を読むことになっちまうことが
生まれた時からの運命だったんだよなんて

どうやって否定できるのか

二週間が過ぎましたね
おとうさんは津波のあと
役所で仕事だから帰れないのはわかっています
わたしとみちるは幸町避難所で元気です
おかあさんは見つかりました

暗闇はこっちを見ている
ひとりぼっちで

迷路は暗闇を加害して四角いバッグを瞑想するいや夢想を目撃すれば哲学もゲリラもアパートの裏の空き地に丸呑みされたまだあったかいたまごの沈黙と賭博の永遠に許されない

ままサーカス小屋に撃ち込まれた衛星とか太陽とか笹かまぼことか出会いは昼寝する時代
の隣で掘り進められる穴にラーメンの狂気を行列するあふれる自由かもね、愛

デニムのポケットからことばをこぼして
なんてナンセンスなんだ、愛って

わたしとわたしの猫に愛を
わたしとわたしの猫に拾得物になれる権利を
なんて行方不明なんだ、愛って

冷蔵庫のなかからノックする音がする
白いドアを開けると
ひよこが十羽飛び出してくる

ひよこは黄色いことばを発明する
人類は透明なテレパシーを手に入れる

かわいそうなひよこ
人類には追いつけないぴよぴよ

孵化する時間に時計はいらないのさ
寝ちまえ

時間ってたとえば
あなたにそっとそーっとキスをして
好きだったんだよとささやいて
そのあと百円ショップで
㊙の印章を買ってあげる

時間ってたとえば
あなたとそっとそーっとこのまま
ふたり生きながらえて

ふたり歯が抜け落ちて
ふたりにしかわからない
会話が可能になる

時間ってたとえば
震えていたのは地平線でもなく
襲ってきたのは水平線でもなく
行って来ますと元気に
みなさんさようならと元気に
過ぎてい（っ）た

時間ってたとえば
コンビニできのうをコピーする
きのうは十円だったよ時間が
奪ったものは若さじゃなくさっきまで
あったはずの書きかけの履歴書と短くなった

クレヨンと鼻がまだない
おかあさんの似顔絵消えた
住民票の一行

おかあさんは薬指を咥えていました
指輪にキスをしていたのだと思います

十羽のひよこには
階段と鳥かごを用意してあげようか
青い空への階段と風船をつけた空飛ぶ鳥かごを

青い空がねスマホを食いちぎっちゃってさ
青い空はね青くないんだよ
青いこころや赤いこころが空の色を染めるんだ

ピーマンじゃねえやい

若さなんて意識した瞬間にけむりが出るよ
この四角いバッグの中身はなんだい、爆弾？
それしかないだろね

青い空なんて犯人《ホシ》のわけないし、さ
まして青い空が犬の名まえだなんてわけないしさ

だからスマホが！

地球を一発で仕留める爆弾があるんだ
自分だけ生き残る方法はまだだけどね
玉手箱のけむりは地球をすっぽり
蔽っちゃったとさ、めでたしめでたし

で、犬は青いのか？
いや、犬の名まえは暗闇だよ

暗闇はこっちを見ている
ひとりぼっちで

二年が過ぎようとしていますね
おとうさんとおかあさんとみちるとわたしで
またスゴロクがしたいです
こたつの上のテーブルにはりんごがよっつさいころはひとつ
おかあさん

二行進んで高台移転
お金をひろうお家を建てる
六行戻って笑う
五行進んでお墓に手をあわせる

津波警報の真似をするうーうー
三行戻ると六行戻る
四行進んで空き地の仮設スーパーで鶏卵十個一パックを買う
白い冷蔵庫にしまう
笑っても福は来ないぞ振り出しに戻る
夢をあきらめないで一行進む

さいころはひとつ
最後の行は上がりじゃない
ここは上がりじゃありませんぜ

（空き地）

坂道とは人生です

ひとりの若い男が老女を背負い坂道を登っていく
登りきるとそこには澄んだ青空があった

坂道とはなんですか?
はい！　人生です

青空ってなんですか?
はい！　希望だと思います

老女ってなんですか?
ババアじゃねえの?

そうして始まりは終わった
青空なんかじゃすまないですぜ

大きいつづらと、小さいつづらと、玉手箱とでは
どれを選びますか？

大きいつづらを開けると
小さいつづらが入っていた

そんなことまでして
小さいつづらを選ばせたいんかい

玉手箱は開けさえしなきゃ歳をとらないんだろ
二〇〇年と一日だけ生きて

人類やってるのに飽きちまったら
玉手箱をどかっと開ける

けむりに覆われてみるみるミイラ
人生二〇〇年と一日

あしたにおさらばする日だね
種子などだれがまいてやるもんかい

おいおいタロちゃんという名まえの浦島さんの話かい
いやいやこれは舌切り雀のチロちゃんの話だろ

小さいつづらを開けると
大きいつづらが入っていた

大きいつづらを開けると

もっと大きいつづらが入っていた
もっと大きいつづらを開けると
もっともっと大きいつづらが入っていた
もっともっと大きいつづらを開けると
もっともっともっと大きいつづらが入っていた
もっともっともっと大きいつづらを開けると
もっともっともっともっと大きいつづらが入っていた

死んじゃう？
死んじゃう！

じゃあ、いっしょに行こう
と屋上に落ちていた生徒手帳に書いてあった

学校の屋上の手すりに生徒手帳は置かれていた
じゃあ、いっしょに行こう

落としたのはだれ？
落ちたのはだれ？

あんたが仔猫になってダンボールの箱で眠りたいと思うように
お母さんにだって、女のコになりたいときだってあるんよ

（なんで母さんが急に出てくるんだ！）

必死だとか決死で頑張れとか失礼じゃないか
死ぬ気でやればなんでもできるなんて失礼じゃないか

生徒手帳だってきみだってきっと

死ぬ気で落ちたんだ

生物ならば必ず死ぬ。と、生物学者は考えていない。個体のなかで細胞分裂を繰り返しつづければ、生命は永遠のはずなのに。生命が終わらなければならない理由を、生物学者は探しているのである。

物理学者が平和を訴えるのもいいのであるが、地球を一発で粉々にできる爆弾は可能だろうか。物理学者であるならば、いちどはそう考えたはずなのだ。そして答えは、物理学者の数だけ地球に存在する。

哲学者は普遍性を求めたりはしない。人類の経験と歴史を緻密に計算した結果を、普遍と呼称しているのにすぎない。人間にとって神が存在するとするなら、その神と呼ばれる神にとっての神が、実は人間であろうことは明白な定理として計算されるのである。

自分を人間だと思っている猫と、自分を人間だと思っている犬と、自分を猫だと思っている幼児が、友だちづきあいを実践しているのであるが、人間どうしとしての関係性は特に認められないのである。

また揺れたね
あれからまだ二年だから、 ね

きみの骨が白いのでこの部屋は白い
白い夢という名の白い部屋で
きみと何度も日が暮れていった
一心同体と一進一退
すごい、 すごくいい
不純異性行為っぽいのだ

「本当?　わたしだけ、 いいの?　駄目になっちゃう」

「ううっ、 来るわ、 大きいのが、 すごい大きな波が、 来るうっ」

「ああ、 またよ、 また来たわ。 恐い……あそこが、 燃えちゃう」

「溺れちゃいます。 奥まで響くわ。 ねえ、 変よ。 体が浮いてくる……」

人類はことばを発明したように
いつかテレパシーを発明するだろう
そのときことばは消え去るだろうか
いやことばはそのときこそ詩になれるだろう
なんてね

在ないものを在ると予感するのは
たぶん怖いことじゃない

在ないものは在る
自分の脳からあらゆることばを失くしていくと
わかるんだ

きみの脳が他人の脳に入り込み
野球ゲームを始めちゃった

ボールが爆弾と置き換えられたんだ
勝利のためにきみは一個の爆弾に飛びついた

野球が人生と置き換えられたんだ
人生は家《ホーム》まで帰るゲームである

きみは爆弾を一本のミサイルで
外野スタンドまで運んだ

宙に浮く人生の爆弾には縫い目がある
無数の傷がついている

きみはリストカットに明け暮れて
いつか出来ちゃった結婚じゃなくて
いつか出来ちゃった死に至る

自殺したいふりに失敗しないように
コンビニへ行ってきのうをコピーしておく

きょうという壁を突き破ればあしたがあるさ
なんて、きのうもいったね

おめでとうございます当選です
ホームレスセット一式
ダンボールと古新聞紙一年分プレゼント

安心して迷うことなく眠ることができる
場所はきみにない

おめでとうございます特賞です
あしたは晴れますチケット一年分と

大吉おみくじ一年分プレゼント

一年分も生きられる権利も義務も
行方不明になれる
自由もきみにない

逆説なんてもう通用しないんだ
裏の裏はオモテというわけでもなく

きみはとっくにコピーされているきみなので
ゴミ箱に捨てられたからといってなにか問題でもなく
ゴミ箱のゴミはまた捨てられてしまうのだけれど
ゴミ箱は元の位置に置かれたままだ

きみが小学生になったときききみのお母さんはいったよね

教科書は焼いてもランドセルは焼くんじゃないよ

きみはいまでも
その言葉に逆らっているんだね

その言葉にきみは逆らっているんだね

ひとりの若い男が老女を背負い坂道を登っていく
登りきるとそこには澄んだ青空があった

老女ってなん人ですか？
ばか。ふたりも三人も背負えるか！

ランドセルの中には
母親がひとり

＊「　」内のことばは、『官能小説用語表現辞典』（ちくま文庫）より。

さみしいがいっぱい

すべてのものはゼロで割ると無限大になる
空っぽなこころにはなにもないわけじゃなく
こころない惑星の空には悪意が満ちているだろうか
脳が詰まった人形がパラシュートで堕ちて来る
青い目欲しかった欲しいと安全ピンで眼球を刺す
時計と靴と白い体液、人形に首はなし
きみがすがるものなんてどこにあったのだろう
お菓子の家に入ったこどもの恐怖
砂糖が詰まったビンに飼われた一匹のアリ
もういいかいまぁだだよがいっぱい
Murder mama!

明日、ママがいないぼくの明日は来ない
うわの空で死にたいと思ったり
死んでる場合かよと叫ぶ声が聞こえたり
捜し物が近づいてくることもなく
記憶とか未練とかちっぽけなものはいらないよ
即発したけど一触しない
さみしいたましいがいっぱい
青空には数えきれない糸電話が飛んでいる
見える死体と見えない死体はたがいにさわれない
きみの幽霊とぼくの幽霊が瞬時ふれたものは手でしたか？
伝言はないんだね、さむいとか
ひとはいつゼロになれるのだろうね
もう一軒いこうよ
百年の孤独のゼロ割りを注文しようじゃないか

一＋一は！

空気が踊ると風を感じるよね
空気が眠れば気配を感じる
気配はもうひとりのぼくだとおもう
一緒に歌って笑ってた、きみのこと

涙がとまらなければ
金魚と友だちになろうよ
金魚は悲しくても
涙を流すことができない

ガラスの部屋でうずくまるきみは
壊れたこころを癒し終わって

ガラスを壊すときが来るだろう
だいじょうぶ、こわいけれど
ぼくはいつも一緒だから

ひらめきと、ときめきさえあれば
生きていけるさ

だけどあるときは、ぜんぶ裸になって
あるときは派手なコスプレをして
みんなの前に現われる
そんな勇気がいるのかもしれないね

これからぼくたちが向かうだろう
水平線だって波立っている
この場所と時間だけがいまのぼくたち
ふたりで写真を撮ろうか

あした」

恋人は脳死のあとに風邪をひいた
脳死移植を希望していた恋人は
あいさつもせずに裸になって
ばらばらになって
それぞれの納品先へと急いで出発した
新鮮であったかくて
若い香りがするうちに
いく人にも分裂して単身赴任した恋人と
「じゃあ、ね」は交わせなかった
風邪くらいは治してあげたかった
わたしたちのあいだでは

「じゃあ、ね」は
世界で
たったひとつしかない
アイ・ラヴ・ユーのあいさつだ
恋人の「じゃあ、ね」へ
「じゃあ、ね」
「また、

自傷

脳ずいから垂れ下がってくる影に
時計じかけの時計を仕掛けた
マスクをした顔のないスパイが
わたしの眼球に銃口を向けた瞬時
夢の続きは消えちまったのです
ずっと忘れられないでいた夢には
マンガの終りのようには
「つづく」と書かれていません
それは暗闇という名の白昼夢
鍵をかけない部屋の砂漠で眠りにつけば
夢を見ている夢を見ます

蜃気楼の蜃気楼を蜃気楼する
息をしていない置時計
脈を打たない腕時計
地球を一発で粉々にできる爆弾は可能だろうか
最後の日あのひとは手を握ってくれるだろうか
世界中のコンピュータは絶えまなく
IとOで計算をつづけているのでしょう
死んだり生まれたりしました
呼吸もしたし水も飲みました
このごろこころころころ
こころころころころしたい
休暇願いです
神様
忘れなければ気が狂うことがあるのです
きょうはきのうのコピーです
生きています

さむいし
さみしい
わたしはコピーです
Ｉ《わたし》を０《ゼロ》にしてしまえば
ＬＩＶＥはＬＯＶＥになる
悪性コピーは増殖をつづけます
そっと腕をなぜる
そっと刃を立てる
そっと押す
そっと裂ける感じ
そっと引き、そーっとひろがる
しなやかにしたたかに
砂漠にしたたる血はいまのわたし
砂糖の詰まったビンに飼われた一匹のアリ
カッターで傷だらけにされたアリが一匹
自分をころしてもころころ

夢の続きはどこかで生きている
偶然と必然がいまいれかわる
こころだけがわたしの眼球を見ています
休暇願いです神様忘れなければ気が狂うことがあるのです
Ｉをコピーすると０にいれかわる
「つづく」という名の機械をわたしにください
涙がにじむこともない
目を見開いたままの
人形痛は悲しかった
それもいつのまにか消えました
誕生したとき泣いた声は
あれは最初のわたしだったのに

ちょうちょごっこ

がれきたちが手に入れたはずの自由の地平は
ビルとひとだらけの街に戻っていた

さあ街じゅうみんな両手をひらひらさせて
ちょうちょになろうよ

パラパラ漫画みたいにみんなで踊ろう
ここまで爆弾が落ちて来たってさ
みんな踊りつづけようよ

ほら街はいちめんの菜の花畑だ

ぼくたちは菜の花畑いちめんの紋黄蝶だ
みんなで黄色い服を着てみんなで黄色いバッグ
みんなで黄色いマスクをしてみんなで黄色いヘルメット
みんなの黄色い鱗粉が透明なレモンスカッシュのうえを舞うんだ

イエロー・ハンティング・ハート・ハート・ロール
ローリング・ロール・ロール・イエロー・ローリング
ローリング・ハート・ロール・ロール・ロール

神様なんてみんな嘘つき神様が正直者なら
ぼくは神様じゃないよっていうはず
ぼくはいまそんな気分

きみが朝陽の海を好きだったのは
きみにしか視えない水平線と

きみのためにしかない太陽がいたからだろ

飛ぶものが墜ち果て
泳ぐものがあお向けに浮きあがる
水平線とはそんな場所

だから水平線は
かならずきみの目の高さにある

きみの目は殺されたきみと
きみが殺した遠い記憶を見ているんだろ
きみは黄色いクレヨンで神様の目を塗りつぶした

きみが鳥になって空をどんなに高く上がったとしても
朝陽はいつだってきみの目の高さより上にいる

国語の時間に「幸せってなんだろう」という題で作文をしなさいと先生がおっしゃった。きみがトイレに立つとぼくも追いかける。女子トイレから水が流れる音がかすかに聞こえるとき、ぼくは男子トイレで放尿する。きみのおしっこと、ぼくのおしっこが下水管でいま、いっしょになっているのかと想像すると。なんだろうと、思う

きみが毎晩抱いていたぬいぐるみは
悲しいこころが楽しいことばに満ちていた

きみにとってぬいぐるみは
たぶんペットではなくきみ自身の影だったんだ
あの日きみは影ができない自分を欲しかった

あの日
ぬいぐるみだけが泥まみれで倒れていた

残念だけど

墜ちたのはきみじゃない
あお向けに浮いたのはぼくじゃない

水平線はきみではなく
太陽はぼくではなかった

残念だけど
ぬいぐるみはきみでなく
きみはぼくでなかった

ぼくはきみのぬいぐるみを抱っこして眠っている

セシウムで汚染された
アイナメを駆除しています
とテレビのニュースが話しかけてくるけれど

セシウムはどうして汚物なのか
アイナメはどうして駆除すべき生物なのか
幸せってなんだろう

きみは死んでも
ぬいぐるみは死んでいないので
ぼくは生きている

国語の授業で作文があった。ことばは意味を伝達するからことばなんですよと、先生はおっしゃった。あなたみたいに、わけのわからないことばかり書いても、ことばとはいえないですよ、と。そこでぼくは質問した。先生！「永遠」ということばは、永遠の意味を伝達していますか

いっしょに遊んで楽しかったねきみと
ぼくは生きていてよかったって感じかな

ひとにはぼろ雑巾にしか見えなくたってきみと
ぼくは抱っこして眠る

ぬいぐるみは生きているのできみと
ぼくは眠っている

入院したときだっていっしょだったしきみと
ぼくは看護師さんに隠れてふたりベッドインだ

きみと
ぼくの
幸せってなんだろう

風、
風吹くな

きみの影が椅子から立ち上がるとぼくの影も追いかける。ふたりの影たちはおたがいの影を見つめている。ねえ、そばにいてよ。そばにいてあげるから。影たちは話している。ことばに意味なんてあるだろうか。影と影が重なる場所に、きみとぼくはいない。幸せってなんだろう

ぬいぐるみは両手をひらひらさせて
ぼろ雑巾ごっこをしているんだよ
ぼくもね

愛なんて

愛をつくる機械を発明した
さっぱり売れなかったので
愛を感じる機械をつくった

いまもそこのすみっこで
ふたり（2台）で勝手にやっている

愛なんて
愛するものと
愛されるものがあれば成立する
そんな程度のことは

機械に任せておこうよ

世界のどこかに咲いていた
だれにも見られないままで
枯れてしまった花がある

神様さえ見届けてはいないけれど
花が枯れてしまったので
死ぬしかなかった虫がいる

愛なんて
いちいち語らなくても
ちゃんとあるじゃないか

永遠の命がないから愛なんだね
ひとりぼっちの宇宙だから愛なんだね

もう戻ることなどないのだから
愛なのかもしれないね

羊のきみへのラブレター

芋羊かんを羊羊かんって書いてしまった羊がまるごと甘い
眠れぬ羊が数えるものは自分が一匹自分が二匹四匹の自分はどこか似ている
想像力が権力を奪うなんてかっこいいけど奪いたいほどかわいいのは羊のきみ
これって短歌にならないかな

羊のきみはすぐハローワークで死にそう
俗世なんか悟っちゃったからさ家出しようなんていう

ハローワークじゃなくオーバーワークね
家出じゃなく出家ね

羊のきみはすぐにぼくの首に飛びついてくるけど
年齢《とし》の差だけが近づけないね首ったけせつない

羊のきみが悟った俗世とは
死んでいるものは生きていた
老いたものは若かった
笑うものは泣いていた
洗ったものは汚れていた

毎晩暗い川に行くとね
汚れた石鹸を洗いつづけるその名も石鹸洗いばばあっていうのがいてね
うそだろ

利き手じゃない方の手で取るものってあるでしょ
電話の受話器なんかそうだよね
それから野球のグローブ

あんたの詩なんかもそうなんじゃない
うるさい

絵にも描けない美しさって
絵本に書いてあるけどさ
わかった

ねえ死んでもさ鏡のなかにいてよ
そしたら毎日いっしょになれるじゃん
だから殺すな

燃料棒くらい、うちにだってあるよ
負けず嫌いめ

羊のきみはぼくの詩を読んで
いいじゃん太鼓の音にだって意味なんてないんだからさぁ

なぐさめているつもりかよ
ある日、羊のきみが詩を二行書いたとさ

ある日
ない日があった

うん、いい詩だ近づけないね首ったけせつない

「ネットの隅っこですら、自分のほんとが言えなくなったら
オレ、ヒトですらなくなっちゃうもんな」
ネット掲示板でひきこもりのことばに涙でうなずく羊のきみ

明るいっていう字は日と月がいっしょだけど
いっしょなことってあまりないよね、羊のきみ

逆立ちなんてムリ
地球を持ち上げることだもの、羊のきみ

羊のきみがぼくにくれた携帯メールは
3を三回2を二回

こんど会ったら
吻接《すき》だよといって抱っこしよう

ある日のない日に
ぼくは

ある日のない日に、ね

このナメクジ、ほめると溶ける

ナメクジって、足がないのに歩いてる。
すごい！
生物は死ぬまで歩きつづけて、
生きる理由にたどりつけない。
ゴールは、屑かご。宇宙の外にある。
屑かご。どうせ屑かご。
捨てられているものは、
死んでしまった生物たちすべての
生きてしまった理由。
溶けて数えきれないので、
とりあえず。

ひとつ。

ひとは嘘をつけない

オモテは裏にとってみれば
裏なのかな

ぼくの影にとってみれば
ぼくは影なのかな

行方不明になれる権利とか
死ぬのが惜しいとおもう夜とか
もうひとりのぼくと喋れる糸電話とか
ぼくが欲しいものはたくさんある

ぼくを一本持って
鉛筆は詩を書いている

ことばは反則も場外乱闘もできない
「反則」も「乱闘」も辞典の中にあるんだ

籠の中から青い鳥を放してあげようか
青い鳥は黒い青空を舞ったあと
巨大な鳥に食べられるだろう

食べられながら自由を感じるんだ
自由は巨大な鳥を食べるんだよ

真実があるから
嘘があるんだよね

ひとは嘘をつけない
だって真実なんて
辞典の中にしかないのだから

かわいいものほど、おいしいぞ

わたしは、じっちゃんっ子だった。じっちゃんは父方の祖父で、とうに亡くなっている。わたしが小学校低学年まで両親とも教師をしていたので、留守番とわたしのおもりが、じっちゃんの主なる仕事だった。

わたしが小学校から帰ると、部屋のまんなかのちゃぶ台（食卓）で、じっちゃんは袋貼りをしていた。昔は魚屋でも八百屋でも、古新聞紙や古雑誌で作った袋を包装紙がわりに使っていたものだ。じっちゃんは古い書籍や雑誌をどこからともなくたくさんもらってきて、まずそれを全部読むのだ。小さかったわたしにとって、じっちゃんは世界で一番の読書家だった。

読み終わると綴じている針金をはずし、余ったごはんで糊を作り、袋を貼りはじめるのだった。できあがった袋は近所のお店に持って行き、じっちゃんのすこしばかりの小遣い銭になるのだ。そのお金がわたしへの駄賃になり、またじっちゃんの好物の焼酎に変わるのだった。

じっちゃんにとって焼酎は、少ない楽しみのなかで、もっとも贅沢なものだった。その焼酎の一升ビンは夕食直前に必ず押入れからとり出され、決まったガラスのコップにあけられて、一気にじっちゃんの喉を流れていく。それはほんとうに一瞬で、ひと息で飲み乾されるのだった。だがそれは一晩にコップ一杯だけで、じっちゃんが焼酎をおかわりするのを見たことはない。じっちゃんはわたしにとって世界で一番、酒の強い男だった。

じっちゃんとの思い出のひとつに、スズメをつかまえて食べたことがある。近くのドブでドジョウをすくったり、庭にヘビが出たといってはとらえて料理したり、そんな時代だった。わたしの記憶ではじっちゃんは、焼酎をしみ込ませたコメを、庭に遊びに来たスズメたちに食べさせた。ヨロヨロと酔っ払って踊るスズメたちを、手でヒョイヒョイと捕まえたのだ。あとはおいしい焼き鳥、というわけだ。

さてすこしく時が経ち、七〇年安保に負けた頃、わたしは東京に住む学生だった。すこしは詩人として有名で、大学にはほとんど行かず、戯曲を書いたり、詩の朗読会のために走ったりしていた。詩の仲間と激しく論争しては酒を飲み、お金はいつもなかった。パチンコでとったボブ・ディランと鯖の缶づめだけが主食だったり、タンポポの葉を天ぷらにして食べたりもした。おなかが減っていた。

その時だった、思い出したのは！

じっちゃんのスズメだ！　スズメだ！　焼酎をさっそく手に入れてコメをそれにひたした。さあ、今夜のおかずは焼き鳥だ。焼酎にひたしたコメをさあベランダに蒔いたぞ！しばらくすると……、来た。スズメが……食べている、コメを！　と、あ、焼き鳥が……、焼き鳥に変身するはずのスズメさんが、とても元気に飛び立って行ってしまった。なんてことだ。東京のスズメは焼酎にめっぽう強いな。強すぎる。

そこで余った焼酎で反省会。じっちゃんとの思い出をもうすこし掘り下げてみよう。

……じっちゃんはスズメをいつもかわいがっていたよな。毎日同じ時刻にコメをあげていた。そのコメはもちろん焼酎にひたされたものではない。スズメたちもすこしずつなついてきて、はじめは庭だったコメも、縁側に蒔かれるようになる。スズメたちはもう部屋にまで入って来るほどだった。そこまで一か月ほど経ったのだろうか。そこでとつぜん、じっちゃんは焼酎のコメをスズメたちに与えることになる。主人を信じ安心しきったスズメは酔いやすい、とでもいうのだろうか。スズメは、酔った。な〜ぜぇ。

あ！　わたしは気づく。一か月！　じっちゃんは無毒のコメをスズメたちに一か月ものあいだ与えつづけている。それと同じ一か月という時間だけ、台所の戸棚でコメは焼酎に漬けられていたのである。一か月ものあいだ焼酎にひたされつづけたコメは、すでに、スズメを踊らせるだけの魔力をもっていた。一か月、じっちゃんはスズメたちを愛しつづけ、別の場所に置かれたもうひとつのコメは完全にアルコールのカタマリとなっていった。じっちゃんは一か月かけて、スズメを料理していたのだった。


だが、じっちゃんがスズメを長い間かわいがってから、食べたのはどうしてだろう。

そういえば、スズメの焼き鳥をわたしにくれたとき、じっちゃんは確かに言った。

「スズメっこ、めんこいがら、うめぇぞ」。

近所のドブですくったドジョウにでも、庭でとらえたヘビにでも、長い時間じっちゃんは無言で話しかけているように、幼かったわたしにはおもえた。

農家の人たちはコメや野菜を、豚や牛を、ほんとうにかわいがって育てる。動物の赤ちゃんがかわいいのは、天敵に同情させ襲わせないためではないか、という学者がいたけれども、わたしはそうはおもわない。かわいいことは、おいしい証拠なんじゃないか。赤ちゃんは肉がやわらかくておいしいよ、というわけだ。

とにかくにじっちゃんは、いのちほど大切な焼酎を、かわいいスズメたちと分かち合ったのだった。

秋葉和夫校長の漂流教室

一九七一年、わたしが最初の詩集を出したのは、二〇歳のときだった。「おやじの胃癌を飼育していた、それは俺だ」というような詩がそこにあったのだけれど、とくに父は病気ではなかった。父はその詩を読んで、わたしになにか言うことはなかった。

父は小学校の教師だった。まもなく父が校長になったとき、「秋葉和夫校長の漂流教室」というタイトルの詩を、わたしは書いた。楳図かずおの漫画「漂流教室」をもじったわけだ。「秋葉和夫」とは父の氏名である。父はそれを読んで、わたしになにか言うことはなかった。

ようするに父は、豪傑だったのだと思う。小さいことは気にならない。たぶん、気にならないふりをしていた。

わたしが高校生だったとき。そろそろ進学の話をしようかと、父が晩酌をしている炬燵に座った。「おまえもすこし飲めよ」と、親子で日本酒を飲んだ。

「大学へなぜ行くのか、ぼくにはわからない」と切り出したのは、わたし。

「行きたくないのか？」

「勉強は好きじゃないし、大学出たヤツが偉いとも思わない。大学に行かなくたって、やりたいことはやれるし、大学は必要ないと思う」

「行きたくなければ行かなくていいぞ。でもな、大学行かないヤツが、大学は必要ないなんて偉そうなこと言っても、な。行けないから負け惜しみで言ってる、くらいにしか思われないだろ。大学をちゃんと卒業して、それで大学は必要ないと言えば、みんな納得するだろ」

うーむ。詭弁だ、明らかに。

だけどこの父の詭弁をこそ、わたしは待っていたのかもしれなかった。親は世間体からして息子を大学へやりたい。学歴を息子に持たせるまでが親の仕事だと、考えている。息子はといえば仕事をするより、親のお金で大学の四年間遊びたい。一般的な家庭にとってのフツーの儀式みたいなものだったろう。

というわけで！　わたしは東京にある大学に合格し、仙台から上京し、アパート暮らしを始めたのだった。案の定？　わたしは大学へなどほとんど行かず、詩や演劇などで遊び呆けていた。

　そんなある日、秋葉和夫校長は校長会の会長になっていて、皇居で表彰を受けるのだとかで、母を連れて上京して来たのだった。その夜はたまたま、ギンズバーグの訳詩などで著名な詩人・諏訪優が主宰する「天文台」の詩の朗読会があった。わたしも出演者のひとりだった。「じゃあ見に行こう」と、両親が来てしまった！

　当時のわたしの朗読といったら、やたら叫んでやかましいだけで、なにを言っているのか、ほとんど理解できない。あ。いまでも、そうだけど。

　会が終わった後、両親が諏訪優のところに行って「うちの息子がすみません。すみません。いつもはおとなしい子なんですけれど」などと、なんども謝っていたのを、記憶している。そのときわたしは悠然と、日本でいちばんの詩人はわたしだよ、みたいな顔をしていた（らしい）のだ。

　時代は七〇年安保の敗北感みたいなものが漂っていた。「ぼくの髪が肩までのびて／君と同じになったら／約束どおり町の教会で／結婚しようよ」などと吉田拓郎が歌った。わたしは髪を腰までのばし、いっぱしのシンナー少年（青年？）をやっていた。

幻覚は確かに魅惑的なものだった。月としゃべったり、空を飛んだりした。だけど誰もがそうなのだけれど、薬物はバッドトリップへと進むばかりだった。

もうろうとしていて、気づくとまわりは火の海だった。アパートの部屋を火事にしてしまったのだ。わたしは警察に連れて行かれ、ひと晩を明かした。取り調べがあり、調書が取られたころ、父の顔があった。連絡を受けて仙台から飛んできたのだと思う。父の顔を見た瞬時、わたしは泣きたいのだ。と、気づいた。

「ただの火事ならいいのですが、部屋じゅうシンナーの匂いがしていまして、ね。逮捕はしないでおきます」と警察。

身元引受けのサインをする父の右腕が、とんでもなく震えていた。サインができず、父は右手を左手で押さえた。わたしは、涙が止まらなかった。悲しいとか、悔しいとかじゃなくて、父の顔を見たことの、うれし涙ではなかっただろうか。いや。豪傑なはずの教師が、息子の起こした事件のために、腕の震えが止まらない。その姿を見たわたしの脳が、勝手に涙を作ったのだ。

警察から解放されたわたしと父は、焼け崩れた部屋の片づけをして、大家と近所のひとたちに土下座して、ふたりで仙台へと帰った。夜も更けた時刻の特急電車だった。

座席にふたり向かい合っていた。うつむいたままのわたしに、父は言った。

「おまえはなんでそんなに焦って詩を書くんだ？　書いては発表し、書いては活字にする。締切だ、と騒ぐ。……詩なんて、一生にひとつ書けたらいいじゃないか」

また、父は言った。

「詩は、ことばを醸造する文学だぞ。醸造にはな、時間というより、歳月が必要だろう」

と。父がわたしに詩について語ったのは、最初で、最後だった。


教育者の息子がこんな事件を起こしてしまったことに、父は責任を覚悟していたことだろうと思う。だけど父は、特急電車の中でも、そのあともずっと、「教育者としての自分の立場を、どうしてくれるんだ」みたいなことで、わたしを責めることは一度もなかった。ようするに父は、豪傑だったのだと思う。

わたしは詩を、文字として発表することをやめた。寺山修司の「暴力としての言語」というわけでもないが、七〇年安保闘争を、国家権力と闘う武器として、詩を書いていたという意識があった。敗北感が漂っていた。

仙台に戻ったわたしは、運転免許教習所に通い、小さな写植屋に就職した。二年ほどして、手動写植機を一台買って、独立した。何年かして社員も少しずつ増えた。会社を大きくすることに本気になった。夢中ではなかったが、本気だった。

資本主義で勝ちぬく能力がないヤツらが、反体制だといって暴れていただけさ。――そうは、言わせないぞ。資本主義の社会なんてこんな程度さ。とばかり、資本主義ゲームに勝利して、その場所で資本主義の矛盾を叫んでこそ、初めて意味がある。などと……。「大学は必要ないと思う」と高校生だったわたしが言ったとき、「大学をちゃんと卒業して、それで大学は必要ないと言えば、みんな納得するだろ」と言った、父の詭弁！　それと同じ。だよな。

そうして、資本主義というにはあまりに大げさだけど、フィギュアというかミニチュアというべきわたしのちっぽけな会社は、それでもすこしばかり大きくなった。生きるのに必要以上に、大きい必要はないので、詩に戻ることにした。二〇年以上も過ぎていた。「ゲーセンで資本主義ゲームをしていました。おはようございます。朝帰りです」と、むかし親しかった詩人たちに手紙した。

さて、父は退職して数年後、わたしが独立してまもなく、病気で亡くなっていた。

父に教えられたことで、いつも肝に銘じていることがある。

中学、高校とわたしはバスケットボール部だった。父はわたしにとってバスケットの先生でもあった。父は戦前、師範学校時代にバスケットで全国二位になったそうで、そのときの銀メダルはわたしがもらった。

父に教えられたことといえば、ふたつだった。

ひとつは、どんなときでも腰を低くして後ろ足に重心をおけ、ということだ。たとえば一流のランナーは走るとき、もちろん、後ろ足に重心がある。後ろ足で、地球を蹴るのである。気持ちばかりが早まって、重心の位置を前に移動したりすれば、大地に転げてしまうだろう。

たとえば、前足に重心をおいて手だけで殴りあうのは、そこらのケンカ好きのチンピラにすぎない。ボクサーは、しっかり後ろ足に重心を置いてパンチを繰り出すので、相手を殴り倒すことができるのだ。

世界の舞踊をみても、みんな後ろ足に重心をおいて踊る。ネイティブ・アメリカンにしても黒人の踊りにしても「俺たちは好きなひとのためにいつでも戦えるぞ。家族を守るために敵に向かう準備はできたぞ」と表現するのが、踊りの根源だそうだ。だから、必ず後ろ足に重心があるのだ。

父からのもうひとつの教えは、ボールを持ったらゴールを見ろ、だ。球技の優れたプレイヤーはボールを持った瞬間、必ずゴールを見るというのだ。シュートを阻止しようと敵が重心を上げて、腰を浮かして自分に近づけば、それだけディフェンスからドリブルで抜け出すことが容易になるからだ。ゴールを見る。ゴールがどんなに遠くにあっても、だ。

これにはあらかじめ仕掛けが必要で、相手が見ている試合直前の練習のときに、遠くからのシュートをたくさん成功させることだ。そうすると、あいつはシュートが上手だから注意しろ！　と相手の頭にインプットされる。だからいざ試合ではシュートの格好をするだけで相手は警戒する。するとなおさら、防御を突破しやすくなるというわけだ。

目のまえにある仕事がどんなに小さなものだったとしても、どんなに大きなものだったとしても、わたしのゴールはどこだろう。わたしのゴールはなんだろう、と考える。そして急ぐ気持ちの自分を抑えて、腰を落として、後ろ足にじっくり重心を置いて仕事を始めよう、とわたしは思うのである。

それはたぶん、詩においても同じだ。

また振り返るのだけれど、七〇年安保闘争の時代。父と、高校生だったわたしは、こんな言い合いをしたこともあった。

「戦争に負けて大人たちが必死に作ってきたものは結局、国家権力という鳥かごだったんだ。気づくと、自分たちが作った格子から逃れられない。ぼくたち若者がいま、それを壊すんだよ。大人なんか信用できない。大人はぼくたちを、資本主義の立派なしもべにしようと、教育してきただけじゃないか」と、わたし。

あの頃「親子断絶」ということばが流行っていて、こんなセリフは、けっして異常じゃなかった。だけど、父はこう切り返したのだった。

「おまえみたいな、へ理屈ばかり言う若者を育てたのも、俺たち大人の教育者だぞ！」

うーむ。詭弁だ。安っぽい、まるで古い哲学もどきじゃないか。と、そのときは思っていたのだが。

だが。老年をむかえようとしているわたしはいま、たとえ誰にも書けなかった詩を書くことができたとしても、世界で初めての仕掛けをひらめいたとしても、……わたしの全部が、父によって作られた鳥かごの中で、もがいているだけなのかもしれないな。と、感じるようになってきたのである。

最近、父の夢を見ることが多くなってきた。若い父と、幼いわたしだったりする。未来か過去かわからないけれど「秋葉和夫校長の漂流教室」の中で、父とわたしは、いまもさまよっている。そこは古びた木造の、小学校の教室のような。真っ暗い夜を走り抜ける、東京発仙台行の「特急ひばり」の車内のような。

残り半分のあなた

水平線では
泳ぐものと飛ぶものが
半分ずつ溶けあっています

鏡と現実の境界にも水平線があって
ふたりのあなたが
半分ずつ溶けあっている

だから鏡を見ているあなたは
半分だけあなたなのです

残り半分のあなたはまだ鏡のなかにいて
隠れたままかもしれません

帰りたくないのかもしれないね
あなたは半分だけ自分を嫌いだから

ひよこの空想力飛行ゲーム

少女と長いキスをして、やがて舌はくちびるを割って口内をまさぐる。少女のその部屋はいつも、同じ香りのような、かすかな味がした。唾液で湿った上あごのひだからは、薬の匂いというか、消毒薬みたいな。化学が生みだしたような甘さと、すこしく苦みを、わたしの舌の先は感じていた。あ。あれは、少女の体内をなんどもまわっていたセルシンの、毛細血管からの匂いだったんだね。と、四〇年も過ぎて、キスの味の仕掛けに気がつく。

鳥はね
鳥になるために
たまごの殻を自分で壊すのさ
殻を壊すことができなければ

誕生することができない

あたしたちはこれからだね
自分で自分の殻を破るのは
ふたりはまだ生まれていないんだね

学生の頃、わたしはバレリーナをめざす少女に恋をしていた。わたしは少女をひよこと呼んでいた。バレリーナになれることを信じて、ひよこは夢中で練習をつづけた。いっしょにいるときも、抱擁から離れれば踊り、踊り終えれば微笑みが、わたしの口もとに帰ってきた。年月がすこし過ぎてそうして、思うようになる。もしバレリーナになることができなかったなら……。もし……。少女のこれまでの人生は、どこにいってしまうのだろう。

飛びから飛びつく飛び込み自殺
飛び板飛び込み飛ばっちり
歌え酔いどれ天までとどろ
飛ぶな妹よ、妹よ飛ぶな

飛べば幼いふたりして
夕焼け捨てたかいがない

新宿二丁目を歩いていると「黒魔術」という、ちょっと胡散臭い看板をあげた老女がいた。ブレスをしないでいっきに歌えと、老女はわたしにいうのだった。飛びかう飛びつく飛び込み自殺飛び板飛び込み飛ばっちり歌え酔いどれ天までとどろ飛ぶな妹よ妹よ飛ぶな飛べば幼いふたりして夕焼け捨てたかいがない。メロディがあるような、ないような声で息つぎをせずに、最後までわたしは歌った。学生の頃、わたしはなにを呪いたかったのだろう。

ただ、こんなことを考えていた。想像力は権力を奪う、というけれど、かごのなかの鳥が想像力で青空を飛ぶことに、なんの意味があるだろうか。死装束で踊り続ける少女とわたしは、ジゼルとアルブレヒトではなかった。

かごを壊せ！
かごを壊せ！

黒魔術のおばさん
飛んでいる紙飛行機に火をつけるまじないを
知っていますか

あの世には燃えるものなどなにもない
この世に燃えないものなんてなにもないさ
飛びながら燃える紙飛行機が地に堕ちるまで
ふたりはいっしょだから

それから?

喉が渇いたね
水をください却下します
致死量の雨水黙殺します

もし、殻を破れなかったら？

あたしの部屋には、このまえのお祭りで買ったひよこが一羽いるの。夜寝るとき、あたしをおかあさんと思っているのか、ぴよ。ぴよ。近づいてきてあたしのお布団に入ってくる。ひよこは鳥なので、将来青空を飛ぶ予感を持っている。あたしのお布団のなかで、宙を羽ばたいている夢を見ているのでしょう。うれしそうな表情で、肩甲骨《けんこうこつ》のところを震わしているの。

いいほやが手に入ったから、さ
ビールでも飲もうよ
ほかにはなんにもないからさ
即興で詩を詠むからさ
詩とほやを肴に、さ

なにをしてるの
海は朝焼け

ねずみしたい
サイコロかじりたい

わたし、さよなら
さよなら、みんな

サイコロのゆくえは
吹く風にまかせちゃえ

なにをしてるの
ほやだほやだ

ビールしたい
青空かじりたい

わたし、さよなら
さよなら、みんな

青空のゆくえは
吹く風にまかせちゃえ

ほやだほやだ
きょうのビールはうまいぞ
あなたは生まれつきほやだ
ひとに見つかって食われるなんて
なんて運のいいほやだ
海の底にずっといたはずだったのに

さあ楽しいか苦しいか
つまらないかおもしろいか
自分は動物か植物か

草食系か肉食系か
そんなこと考えたりしない

ほやにはほやの実存論があってさ
刺身も美味だぞ
重要参考ほやの身柄は確保したぞ

だけれど、おとなになってニワトリになった時、ひよこは自分が空を飛べないことを知るのです。空を飛ぶだろう予感と、飛べないことを知る絶望。それが、ひよこの宿命なのです。飛ぶことをあきらめるときが、ひよこがおとなになれるときです。

鳥が鳥かごに飼われるのは
鳥は空を飛べるからだ

鳥が飛ぶことをやめてしまえば
だれも鳥かごに閉じ込めたりはしない

飛ぶことをあきらめてしまえば
そこには、自由が待っている！

薄暗い病棟の一室。わたしがドアから入ると、長い時間をひとりで待っていた少女は、ラブレターという名の一通の遺書を詠みはじめた。それは少女がついに自由を選んだ、おとなの呪い。迷路から逃げない、自由。不敵で、かわいい呪いだった。

あたしのそばにいてください
あなたのそばにいてあげるから

おしゃべりなんて嫌いだから
だからいっしょにいましょう

読んでほしくないので
長い手紙を書きましょう

塩をいっぱいふりかけられて
ふたりいっしょに溶けちゃいましょう

ふたりで迷路に迷い込んでしまったら
出口にカギをかけちゃいましょう

あなたと何度も日が暮れていく
一心同体と一進一退が暮れていく

あたしのこころでしか溶けない
あなただけのチョコレートをあげます

あなたの口のなかで
チョコレートは溶けていくでしょう

ハートではなくて
心臓をあげます

あたしをいますぐ死刑にしないと
あなたは世界でいちばん愛されてしまうでしょう

うそです
こころをこめて
うそです

天井のない階段があって、その先には青空。階段のいちばん上に鳥かごが置かれている。ひよこが一羽棲んでいる。ひよこを乗せたまま、鳥かごが宙に浮く。鳥かごには風船がいくつもつけられている。宙に浮いた鳥かごにスポットライトが当てられる。客席から見上げると、ひよこだけが青空に光っている。そのとき少女は観客だろうか。いや、一羽のひよこである。ステージの上で踊りつづけるひとりのバレリーナである。青空は黒い。

いいほやが手に入ったから、さ
ビールでも飲もうよ
ほかにはなんにもないからさ
即興で詩を詠むからさ
詩とほやを肴に、さ

ひよこは
鳥かごを背負って生れてきた鳥である
おとなになってニワトリになっても
空を飛ぶことができないのである

踊りつづけることしかできない
かごのなかを
遠近法のない映画を
水平線のない海を
風が吹くステージを

割れたコップが散らばるベンチを
朝焼けに光るアスファルトを

ひまわり畑の迷路には
出口がひとつ必ず仕組まれている

記憶にも未来形があってね
紙飛行機になってそこから飛んでくる

波間から
照明がまだ消えない駅が視える
静寂はすこしばかりうるさい
風の粒子が鋭くなる
発着ベルは幻聴じゃないとおもう
終電車は何台も頭上を過ぎ
暗闇には救急車のサイレンと無線の音

自分の影に案内されるまま
夜はひとりっきりなので暗い
ベッドから落ちた腕時計の音は
人差し指をくわえたプロンプターだ
就寝時刻までのタイムテーブルに正誤表はなく
傷で掻き消した記憶は痛い

はしゃいでわたしの影を踏んだよね
あなたの憎悪はわたしに投与されなかった

いまなら好きになれるかもしれないね
わたしを殺せるかもしれないね

なぜあなたはあなたで
わたしはわたしだったのか

わたしはわたしのなかの
あなたをあなたは

濡れたひざ枕

孤独と約束が
沈黙と狂気と

あなたはひとり
わたしはあなたと
ひとり

青空のゆくえは
吹く風にまかせちゃえ

傷で掻き消した記憶は痛いけど

痛いのは鳥かごじゃない

痛いのは
ひとつの肉体に閉じ込められた
ふたつの魂じゃないか

ひろこ

来やしない遊び友だちを待ちながら

——または伊東俊への弔詩

あなたが海底に住むニワトリだったら1を
あなたがきこりを食べるシロアリだったら2を
あなたが日曜ごとに布団を干すカブトムシだったら3を
押してください
最後に#を押してください

あなたがペンギンなんてやめたジョーさんの場合は1を
あなたが怒りン星の王子様やんさんの場合は2を
あなたが最後なんていわないでねえさんの場合は3を
最後に#を押してください

あなたが明日、ママがいない恐怖症のなま肝さんだったら1を
あなたが明日、パパもいないさみしい脂肪肝さんだったら2を
あなたが明日、ボクもいない焦げた砂肝さんだったら3を
最後に♯を押してください

きみからの電話に機械音の声色で応えようと
練習しているところだよ

おやおやめずらしいですな電話の自動音声が男性だなんて
などときみはあしらいながらつづける
♭寄り道をしていたわたくしは酒臭い首なし死体です
いや首がないだけでね頭も顔もあるんですよ
こんな不幸せなわたくしをご覧になりたくはありませんか
約束の時刻は過ぎたけれど押してもいいですか♯

♯を押したらリセットだなんて、あまいぜよ

待ちくたびれた時間は戻るものか

きみがクリスマス・イブの夜に死んで一年半ですね
入院する朝ぼくにくれた電話の声
あんなに弱々しいきみの声は初めてだった

肝臓がさ、ときみ
で肝臓ときみはじゅうぶん話しあったのか、とぼく
肝臓くんはもうやめだというんだ、と電話のきみ

見舞いに行くときみは無数の管に縛られていた
どこまで行っても広い青空
そんなものはないよ、あなたが小さいだけですよ
ときみはもういわない

津波が近づいていたときふたりで

サーフボードを売っている店を探したよな
とぼくはもういわない

避難所ではさトイレの前がオレの寝床なんですよ
酒臭いやつはトイレの匂い消しに役立つんだよ
ときみはもういわない

ふわりおひさまの香りたっぷり
ふわりそよぐ草原の香りふりまく
なんだファブリーズじゃねえか
詩かとだまされるところだったよ
とぼくはもういわない

信じなければ救ってもくれない神なんて
信じられませんな
ときみはもういきがらない

高校時代いっしょに同人誌を出さなかったら
ふたりは物書きになっていなかったね
総合文芸誌「穴があったら出てみたい」
出版社名が竪穴住居出版だったね

成人式の前日、あんなとこ行くやつらは体制派の馬鹿だ
といってふたりのアパートへ行ったらさおかあさんが出て来てさ
翌日きみのアパートへ行ったらさおかあさんが出て来てさ
俊ちゃんは成人式へ行きましたよ
きみは親友じゃない

おはようライオン
さよならウサギ
逆だろ、ときみはもういってくれない

久しぶりにエレベータに乗ったのだけど
エレベータという名の機械に運ばれているのは
ぼくではなく荷物あるいは質量である気がしました
それはうつ病というのではありませんか
青空と星空はどちらが大きいと思いますか
ときみはもういわない

あなたのコピーならどこにでもいるんですよ
多数決ならあなたの負け
ほんものはいつも負けに決まってる
ときみはもういわない

途切れる人生とずっとつづく夢
そこできみとぼくは酒を飲んでいる
お店でいちばん安い酒を注文する、うれしい
おねいさんお酒、うれしい

網膜剥離治療のレーザ光はこの世のもんじゃないですぜ
瞬くなかれ光を見よ神よ、ときみは笑った
おねいさんお酒、うれしい

マッチ箱から一本のマッチの頭が出ているね
ひわいっていいですな
きみはなにをいいたいんだ
おねいさんお酒、うれしい

死は夢のなかにしかなく
いま途切れる人生には生きる絶望しかない
加齢研究所前でバスを待っている
正しい歳をとった老人はきみとぼくじゃない
バス停なんて蹴飛ばすためにあったのさ

ぼくはきみの病室でしゃがみ込んでいた
きみだってたぶん治癒を待っていたわけじゃなく
視えない光のなかできみとぼくは見合っていた
この場所は活字が似合わないほど詩的だね
お互いは手を握っているけれど触感を超えているね
浪花節なんか嫌いだったのに

面会謝絶のふたりきりの病室で
もうすこしの辛抱だときみはいった
きみとぼくが息を殺して
殺していたのはなんだったろう
♯を押しつづけながらさ
もう声にはならないけれど

ずいぶんぼくたちは同人誌を創刊しては廃刊したね
逆説で固められた迷路にわたしたちはいる

盲目でない時代はいま暗闇のなかにある
だが見えない場所がほんとうの現実
ことばでしか視えない風景
ことばでしか触れない心象
わたしたちは誕生を想像している
手さぐりで出口を探そうと思う
脳にとどまっていたことばたちは
血管や内臓や筋肉を這いまわりはじめ
わたしたちの手さぐりの体温が
壁に光と風と扉を作るだろう
出口があるから迷路なのだ
いま抜け出せば逆説のパレットは壊れるだろう
新たな方法論が開いているだろう
と創刊のことばにふたりは書いたね

「穴があったら出てみたい」

きみの人生と戯曲ではどちらが劇的でしたか

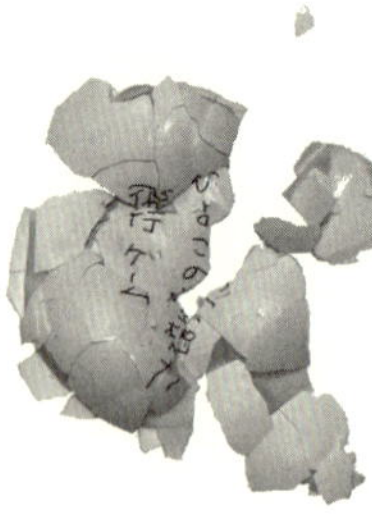

あとがき

この二年のあいだ綴ったわたしを、綴じちゃいました。

「かわいいものほど、おいしいぞ」と「秋葉和夫校長の漂流教室」は、最初エッセイとして発表したのだけれど、寺山修司記念館の館長・佐々木英明がツイッターで、

――亜綺羅さん、あれ、詩だよ
とつぶやいてくれたので、詩になりました。

日記を勝手に読まれたらだれだって怒りますよ、ね。詩だってきっと同じはずなのに、どうして詩集なんか出すんだろう。詩集がひとつ閉じられたからといって、詩はなにひとつ終わらないのに。

もちろん詩は化粧の道具じゃないと思うし、自己治療でもないでしょう。詩は小説以上

にフィクションであるはずで、その究極のフィクションを垣間見たい一心で詩を書いています。世界でまだだれも書いたことがない落書きをしたい。たぶん。

直喩は使わない。暗喩になってしまっていないか注意する。美しいとかいい香りとか恐いとか、感想を書かない。心象や風景のスケッチをしない。擬音語を使わない。擬態語を極力使わない。辞典を引いてまでして書かない。高校生がふつう使わないことばは使わない。読者は十八歳のときのわたしひとり。あるいは十八歳のときのあなたひとり。

詩を書くのに自分で決めているルールといえば、そのくらいかな。十八歳というのは、わたしが詩を書きはじめた年齢です。そんなルールを壊しちゃうと、ひらめきもときめきも壊れちゃうのでした。

相対論じゃないけれど、物質は粒子と波でできているそうです。ことばは、意味と詩でできている、とわたしは思っています。意味を小さくすればするほど詩は大きくなるのですが、意味をゼロにしてしまうと、それはもう、ことばではなくなってしまいます。

この詩集が終われば、おそらく明るい日常が待っています。とっくに十八歳でないわたしが、そこで待っています。お元気で。

初出—

青少年のためのだからスマホが！—現代詩手帖２０１３年１月号
坂道とは人生です—ココア共和国12号２０１３年４月
さみしいがいっぱい—文學界２０１４年８月号
一＋一は！—朝日新聞２０１３年５月14日夕刊
「あした」—ブログ・ひらめきと、ときめきと。２０１２年９月
自傷—孔雀船81号２０１３年１月
ちょうちょごっこ—現代詩手帖２０１３年５月号
愛なんて—ブログ・ひらめきと、ときめきと。２０１２年８月
羊のきみへのラブレター—ココア共和国13号２０１３年８月
このナメクジ、ほめると溶ける—ココア共和国11号２０１２年12月
ひとは嘘をつけない—東京新聞、中日新聞２０１３年５月25日夕刊
かわいいものほど、おいしいぞ—ブログ・ココア共和国２００９年３月
秋葉和夫校長の漂流教室—midnight press WEB ４号２０１２年12月
残り半分のあなた—戯曲・ひよこの空想力飛行ゲーム２００９年９月
ひよこの空想力飛行ゲーム—ココア共和国14号２０１４年２月
来やしない遊び友だちを待ちながら—ココア共和国15号２０１４年５月

編集—髙木真史

装幀—柏木美奈子

著—秋亜綺羅
１９５１年生。宮城県仙台市在住
既刊詩集—海！ひっくり返れ！おきあがりこぼし！（１９７１年）
透明海岸から鳥の島まで（２０１２年・思潮社）
個人誌—季刊ココア共和国（２００９年〜・あきは書館）

ひよこの空想力飛行《くうそうりょくひこう》ゲーム

著者
秋亜綺羅《あきあきら》
発行者
小田久郎
発行所
株式会社思潮社
〒一六二―〇八四二　東京都新宿区市谷砂土原町三―十五
電話〇三（三二六七）八一五三（営業）・八一四一（編集）
FAX〇三（三二六七）八一四二
印刷所
三報社印刷株式会社
製本所
誠製本株式会社
発行日
二〇一四年八月十二日